진짜 나로 살아가는 기쁨

진짜 나로 살아가는 기쁨

초판 1쇄 발행_ 2025년 06월 02일

지은이_ 우경하
펴낸이_ 우경하
편집_ 우경하
펴낸곳_ 피플북
표지디자인_ (주)비마기획
인쇄처_ (주)북모아

출판등록번호_ 제2025-000025호
주소_ 서울 도봉구 덕릉로 63가길 43 상가지하 26호
전화_ 010-7533-3488
ISBN_ 979-11-992218-4-0
정가_ 12,000원

진짜 나로 살아가는 기쁨

힘든 삶에 용기와 희망을 주는 시집

우경하 지음

피플북

프롤로그

진짜 나로 살아가는 기쁨을 전합니다.
최고의 내가 되는 환희를 노래합니다.
후회 없는 인생을 함께 걸어가길 원합니다.

삶의 행복을 함께 누리길 원합니다.
용기와 열정은 이미 우리 안에 있습니다.
모두의 자유를 응원합니다.

모두가 진짜 내가 되는 세상을 소망합니다.
즐거운 우리의 인생을 시로 담습니다.
언제나 당신이 가장 소중합니다.

2025년 6월 햇살 좋은 봄날
우경하

목차

2장. 삶이 힘든 당신에게 ························ 35

1장

진짜 나로 살아가는 인생

소중한 나

오랜 시간 몰랐던
나의 소중함

나도 몰았던
나의 가치

방황과 어둠 속에
깨달았다

내가 진짜 소중한
존재라는 것을

나를 안다는 것은

생각 마음 감정을

안다는 것

아픔과 슬픔을

안다는 것

기쁨과 행복을

안다는 것

잠재력과 가능성을

안다는 것

살아야 할 인생을

안다는 것

나를 모르고 살면

망망대해 홀로 떠도는 배
목적지 잃은 자동차
도착지 모르는 비행기

방향 잃은 불행한 새
집 찾지 못해 우는 아이
삶의 지도를 잃은 사람

나를 알면

원하는 것이 보이고
생각과 행동이 변한다

진짜 나로
최고의 나로 살 수 있다

후회 없이
자연스럽게 살 수 있다

나를 알면
진짜 인생을 만난다

나를 아는 방법

질문하라

관찰하라

글을 써라

내가 없다면

의욕도 없다
열정도 없다
흥미도 없다
재미도 없다

의미도 없다
가치도 없다
보람도 없다
세상도 없다

가장 중요한 일

나를 알고
진짜 나를 찾는 일

나를 보고
내면의 나를 만나는 일

마음의 소리를 듣고
삶의 주인이 되는 일

내가 정말 원하는 것

진짜 나로 살아가는 기쁨
최고의 내가 되는 희열
내일 죽어도 후회 없는 환희

하고 싶은 일만 하며 사는 감동
좋아하는 사람만 만나며 사는 황홀
무한한 잠재력이 폭발하는 신비

가장 좋은 친구

늘 내 편을 들어주는
사람

내 마음에 귀 기울이는
사람

힘들 때 나를 위로하는
사람

언제나 가장 좋은 친구
그 사람은 바로 나

나는 나를 사랑해

몸을 사랑해
마음을 사랑해
영혼을 사랑해

과거를 사랑해
현재를 사랑해
미래를 사랑해

아픔을 사랑해
기쁨을 사랑해
인생을 사랑해

자연을 사랑해
세상을 사랑해
우주를 사랑해

나는 빛이다

어둠을 밝히고
앞길을 비추는
희망의 빛

용기를 전하고
믿음을 키우는
신념의 빛

아픔을 치유하고
세상을 감싸는
치유의 빛

나는 나를 본다

마음을 본다
생각을 본다
감정을 본다

과거를 본다
현재를 본다
미래를 본다

기쁨을 본다
아픔을 본다
행복을 본다

가능성을 본다
잠재력을 본다
무한함을 본다

나는 걷고 싶다

조용한 시골길을
푸르른 산길을
싱그러운 고향길을
잔잔한 파도 소리 들리는 길을
숨 막히게 아름다운 그 모든 길을
천천히 아주 느리게 걷고 싶다

꽃을 바라보며
사람들과 이야기 나누며
세상의 풍경을 온전히 느끼며
편안한 길도 험한 길도
내 삶의 모든 길을
그저 걷고 싶다

이렇게 살고 싶다

진짜 나로
최고의 내가 되어
웃으며 즐겁게
자유롭고 행복하게

하고 싶은 일만 하고
좋아하는 사람만 만나며
내일 죽어도 후회 없는
최고의 인생을

나는 믿는다

나를

사람을

세상을

될 일은 되고

만날 사람은 만나고

할 일은 하게 된다고

점점 더 좋아진다고

세상은 내 편이라고

더 나은 내일이 온다고

나를 위해 산다

사람이 이기적인 건
당연한 일

나를 먼저 생각하는 건
자연스러운 일

내가 웃어야
세상도 웃으니까

내가 먼저 바로 서야
성장과 행복을 전할 수 있으니까

내가 먼저 행복하자

내가 행복해야
세상도 행복하다

내게 행복이 있어야
세상에 나눌 수 있다

내가 있어야
세상도 있다

내가, 먼저, 일단
그냥, 그저, 당장 행복하자

최고의 자기 계발

행복의 본질
성장의 시작
변화의 핵심

모든 것의 시작
우리의 지향점
가치의 기준과 완성

결국
가장 나다운 것이
가장 최고의 것

가장 지혜로운 사람

자기 자신을
인정하는 사람

자기 자신을
긍정하는 사람

자기 자신을
이해하는 사람

자기 자신을
알아주는 사람

자기 자신을
사랑하는 사람

죽음의 의미

지금을 사랑하자
다음으로 미루지 말자
하고 싶은 일을 하자
용기 있는 삶을 살자

망설이지 말자
후회 없이 살자
도전하며 살자
가치 있게 살자

죽음이 있다는 것은
좋은 것이다

2장

삶이 힘든 당신에게

그냥 행복하자

그냥 행복하자
먼저 행복하자
일단 행복하자

지금 행복하자
당장 행복하자
바로 행복하자

무조건 행복하자
진짜 나로 행복하자

모든 것은 다 괜찮다

달라도 괜찮다
못해도 괜찮다
틀려도 괜찮다

넘어져도 괜찮다
실수해도 괜찮다
쉬어가도 괜찮다

안 되는 건 없으니까
다시 일어나면 되니까
모든 것은 다 괜찮다

아무리 힘들어도

아무리 힘들어도
봄은 온다

아무리 어두워도
낮은 온다

아무리 힘들어도
모든 것은 지나간다

아직이 아니라 이미

이미 우리는 충분하다
이미 우리는 훌륭하다
이미 우리는 소중하다
이미 우리는 지혜롭다

이미 우리는 풍요롭다
이미 우리는 자유롭다
이미 우리는 성공했다
이미 우리는 행복하다

울어도 된다

세상은 말했지
남자는 울면 안 된다고
산타 할아버지는 말했지
울면 선물을 안 준다고

나는 말한다
울어도 된다고
남자도 울어도 된다고
울어야 산다고

모든 것은 경험과 배움

모든 것은
경험이자 배움이다

모든 것은
지혜와 보석이 된다

모든 것은
밑거름과 자신감이 된다

시간이 부족하다

행복만 하고
기뻐만 하고
사랑만 하기에도

하고 싶은 일만 하고
좋은 사람만 만나고
즐기며 인생을 살기에도

우리에겐
죽음이라는 선물이
기다리고 있으니까

세상이 돕는다

우리의 행복을
우리의 성장을
우리의 성공을

우리의 강한 의지를
우리의 무한 발전을
우리의 밝은 미래를

정상이 어디냐고 묻는다면?

우리가 있는 곳이
정상이다

우리가 가는 곳이
정상이다

우리가 바라보는 곳이
정상이다

길이 어디냐고 묻는다면?

우리가 가는 곳이
길이다

가시덤불 헤치며
걸어간다

편히 따라올 수 있게
길을 만든다

우리는 길을 만드는
사람이다

호흡을 지키자

어떤 순간이 와도
호흡을 지키자

호흡이 흐트러지면
마음도 흐트러진다

깊은 인생을 위해
원하는 인생을 위해
호흡을 지키자

한 그루 나무처럼

깊은 뿌리 내리고
바람 태풍에도
흔들림 없는 나무처럼

허리 펴고 가슴 펴고
당당하게 서 있는
줄기처럼

유익한 공기 내뿜어
세상을 아름답게 하는
나 또한 그러하리

각자의 속도와 방향으로

삶의 방식도

행복의 기준도

가치관도

모두 다른 우리

필요한 것은

스스로 길을 정하고

자신만의 속도와 방향으로

묵묵히 걸어가는 용기

앞도 뒤도 없다

수많은 별 중에
가장 빛나는 별 우리

세상 단 하나뿐인
유일무이한 존재

앞도 뒤도 위도 아래도 없는
우리의 인생

자신 있고 당당하게
살아가자

벽이 아니라 문이다

벽이 아니라 문
문제가 아니라 답
걸림돌이 아니라 디딤돌

빈손이 아니라
모든 것을 가진 손
빈 접시가 아니라
모든 것을 담을 접시
빈 노트가 아니라
모든 것을 쓸 수 있는 노트

우리의 시간이 온다

원하는 시간이 온다
행복한 시간이 온다
찬란한 시간이 온다
빛나는 시간이 온다
황홀한 시간이 온다

위대한 시간이 온다
거대한 사간이 온다
평화의 시간이 온다
진리의 시간이 온다
깨달음의 시간이 온다

우리의 시간은
반드시 온다

사진을 찍는 이유

아이를

사람을

자연을

물건을

공간을

그 순간을

좋아하기 때문에

오래 기억하고 싶어서

마음속에 담고 싶어서

지금이 좋으니까

내게 가장 좋은 일

가장 편한 신발은
내 발에 잘 맞는 신발

가장 편한 옷은
내 몸에 잘 맞는 옷

가장 편한 사람은
나와 잘 맞는 사람

가장 좋은 일은
나와 가장 잘 맞는 일

잘 보이기보다 나로 보이기

잘 보이기보다
나로 보이기를
멋있어 보이기보다
나로 보이기를

진정으로 바라는 것은
진짜 내가 되기
진짜 나로 살아가기
진짜 내 인생 살기

이유가 없다

슬퍼하고
아파할

지금 하지 않고
망설일

도전하지 않고
후회할

행복하지 않고
웃지 않을

3장

인생을 노래하다

나는 나

이래도 나 저래도 나
여기도 나 저기도 나
어제도 나 내일도 나
지금도 나 영원한 나

슬퍼도 나 울어도 나
기뻐도 나 아파도 나
미워도 나 좋아도 나
잘해도 나 못해도 나

내 아내

선물 같고
우산 같고
태산 같고
책 같은 너

너에게 기대고
너를 지켜준다
너를 만나서
행복하다

핸드폰

손안의 작은 세상
재밌고 편해서
시간 가는 줄 모른다
잠시라도 없으면
마음이 불안하다

단점이 있다면
눈이 아프고
시간 관리가 잘 안된다
핸드폰에 갇힌 사람이 아닌
핸드폰의 주인이 되고 싶다

우산

비가 온다
전에 사둔
우산이 어디 갔지?

벌써 몇 번째인지
또 사려니
돈 아깝다

맑은 날엔
잘만 보이더니
참 신기한 일이다

교통 체증

차가 막힌다
왜 빨리 안 가지?
답답하고 조급하다

기다리고 있을
네 생각에
마음이 조급하다

너는 나에게 말한다
빨리 보다 안전하게 와
참 고맙다

메모장

모든 것을
기억할 수 없어
너에게 적는다

모든 것을
기억할 필요가 없어
너에게 적는다

네가 있어
안심이 된다
네가 있던 든든하다

설거지

밥을 먹고 나면
잔뜩 쌓이는 설거지

지금 하면 좋은데
자꾸 미루게 된다

너를 사랑한다는 말도
지금 해야 하나 보다

빨래 널기

빨래를 넌다
탈탈 털어서
힘 있게

구겨지고 젖은 옷들이
펴져 가는 느낌이
참 좋다

잘 마를 빨래를 생각하니
내 얼굴과 마음도
환하게 펴진다

담배와 믹스커피

실과 바늘처럼
환상의 짝꿍이다
사람들은 나쁜 것이라 하지만
어느 순간 내 손에 들려있다

건강을 위해 작별해야 하는데
내 안의 무엇이
이들을 붙잡고 있을까?
언제쯤 놓을 수 있을까?

과식

과식 후 속이 불편하다
후회가 밀려온다
나는 무엇을 채우고 싶어
이렇게 과식을 하는 걸까?

내가 채우려는 것이
내가 채우지 못한 것이
무엇일까?
참 궁금하다

컴퓨터

모든 것을 아는 컴퓨터야
너는 행복하니

모든 것을 몰라도
나는 행복하단다

시간

쉼 없이 흐른다
빠르게 흐른다

때론 지나간
시간이 아깝다

하지만 이젠 안다
그 시간이 지금의 나를 만든 것을

참 감사한 시간
소중한 나의 시간

사랑

가장 아픈 것
가장 슬픈 것
가장 피하고픈 것

가장 좋은 것
가장 행복한 것
가장 하고픈 것

떨어지는 물

똑 똑 똑
물방울이 떨어진다
위에서 아래로
한 방울씩

인생도 이와 같지 않을까
한 걸음씩, 꾸준히
나와 세상을 변화시키며
오늘도 물에게 배운다

구름 낀 하늘

짙은 먹구름
하늘이 흐리다
비가 오려나

구름 뒤에 숨은
맑고 빛나는 태양
그 너머를 상상한다

구름 낀 하늘 너머
그 맑음을 볼 수 있는
지혜의 눈을 갖고 싶다

새소리

짹짹짹
들려오는 새소리
왜 전에는 안 들렸을까

새가 노래하지 않은 게 아니라
내가 못 들은 거겠지

귀와 마음을 열어
더 많은 것을 보고 듣고 싶다

인생이 주는 소중한 선물들을
마음껏 누리며 살고 싶다

여행 가방

짐으로 가득 찬 여행 가방
무거운 짐만큼
몸도 마음도 무거워진다

나에게 묻는다
이 많은 짐이
여행을 즐겁게 해줄까?

여행은
가볍게 하고 싶다

쉼

남자도 울어도 되더라
울어도 선물은 주더라

넘어져도 되더라
다시 일어나면 되더라

여백과 틈도 필요하더라
새로움이 들어오더라

쉬었다 가도 괜찮더라
쉼이 더욱 잘 가게 도와주더라

재미

열심히만 하니
오래 걸리고 힘들더라

힘드니 지치고
지치니 재미없더라

재미없으니
오래 못하더라

이제는 열심히 말고
즐겁고 재미있게 살고 싶다

날아가는 새들

하늘 위를 자유로이
날아가는 새들
가볍고 자유로워 보인다

우리의 인생도
한 마리 새처럼
가볍고 자유롭기를 원한다

‖ 에필로그 ‖

'어떻게 인생을 살아야 하는가?'라고 묻는다면, 나는 "진짜 나로 살아야 한다."라고 생각하고 답한다.

우리 모두가 바라는 것은 행복과 성공이다. 이 행복과 성공은 세상을 진짜 나로 살아갈 때 온다. 중요한 것은 내가 느끼고 믿는 것이다.

행복과 성공의 기준은 언제나 내 안에 있고 내가 느끼고 믿을 때 그렇게 된다. 기준점을 내가 아닌 타인과 세상에 둔다면 우리는 언제나 비교하게 되고 작아지게 된다.

내가 선택하고 주인 된 삶을 사는 것이 인생의 참 가치라는 것을 질문, 마음 관찰, 글쓰기로 깨달았다.

모두가 세상에서 가장 소중한 나를 아끼고 사랑하면서 한 번뿐인 소중한 인생을 행복하고 황홀하게 살아가길 원한다.

"언제나 당신이 가장 소중하다."

"당신이 이 위대하고 거대한 세상의 주인이다."

나연구소 우경하